김동훈 제2시집

나는 명품입니다

KB193086

나는 명품입니다

펴낸날   초판 1쇄 2025년 3월 15일

지은이   김동훈
펴낸이   서용순
펴낸곳   이지출판

출판등록   1997년 9월 10일
등록번호   제300-2005-156호
주소   03131 서울시 종로구 율곡로6길 36 월드오피스텔 903호
대표전화   02-743-7661   **팩스** 02-743-7621
이메일   easy7661@naver.com
디자인   주서윤
인쇄   ICAN

ⓒ 2025 김동훈

값 15,000원

ISBN 979-11-5555-246-9 03810

김동훈 제2시집

나는 명품입니다

이지출판

다시 시집을 내며

2021년 첫 시집을 내고 두 번째 시집을 펴낸다.

나는 시를 모른다. 시 쓰기 공부를 한 적도 없고 그냥 느낌이 올 때 감정에 이끌려 써둔 글들을 처음 책으로 묶어 지인들에게 내보이곤 얼마나 쑥스러웠는지 모른다. 또한 평소 나의 이력履歷을 잘 아는 지인들도 시를 쓰고 시집까지 낸 것에 크게 놀랐을 것이다. 그런데 독후감을 보내 준 분들 덕분에 큰 위로를 받았다.

어쨌건, 내 삶의 편린片鱗들을 글로 남기고 싶어 다시 시집을 내기로 용기를 냈다. 황혼에 이르러 살아온 세월을 돌아볼수록 나를 둘러싸고 있는 자연, 산과 들 그리고 길섶에 핀 한 송이 들꽃들에서도 인생의 의미를 찾게 되고, 어김없이 가고 오는 사계절에 대한 단상斷想, 옛 친구들과의 우정도 새록새록 그립고, 늘 돌아가고 싶은 고향과 그 시절의 내 모습, 그리고 가족에 대한 사랑이 생각의 회로를 따라 더 선명해지고 더 확장되는 것을 느끼게 되었다.

그러면서 번개같이 지나가 버린 시간들을 조금이라도 더 남겨 두고 싶은 소망에 이끌려 갔다. 굽이굽이 긴 세월, 삶의 길목에서 나는 어떤 모습으로 남아 있을까를 생각하며 이 작업에 몰두할 수 있어 참으로 감사하다.

두 번째 시집을 선보이며 미소微小하나마 바라는 것은 누구든 이 시집을 읽는 분들이 "맞아, 그래그래!" 하고 고개를 끄덕이거나 공감할 수 있다면 더없는 기쁨이 될 것이다. 끝으로 이 책이 나오기까지 애정 어린 관심과 격려 보내 주신 모든 분들, 초고草稿 정리와 교정에 정성을 다해 주신 지우 호롱불님, 그리고 바쁘신 중에도 자상하게 발문까지 쓰고 상재上梓해 주신 이지출판 서용순 대표님에게 깊은 감사의 말씀을 드린다.

2025년 3월
소인 김동훈

차례

제1부 들꽃처럼 향기로운 사람

제2부 소녀를 찾았네

제3부 먼길 떠난 가을을 추억하며

제4부 이 세상에 하나뿐인 명품

참 좋겠습니다

나의 일상이
비 온 뒤의 햇살처럼
싱그러웠으면
참 좋겠습니다

파란 하늘처럼
맑은 눈빛 되어
착한 마음이었으면
참 좋겠습니다

들녘에 피어난
무리진 꽃들처럼
소담스러웠으면
참 좋겠습니다

석양의 노을처럼
빛나는 아름다운
하루가 되었으면
참 좋겠습니다.

봄·봄·봄

봄을 느끼는 사람에겐
봄빛이 산에서 오고
봄을 아는 사람에겐
봄기운이 들에서 온다

봄의 전령 꽃들은
온갖 향기를 전하고
봄은 정情을 움직여
마음을 즐겁게 한다

봄 들녘은 온통
색동으로 물들고
꽃이 사람인지
사람이 꽃인지
구분이 없다

봄은 생명이고
봄은 바람이고
봄은 향기다
봄은 찬란한 빛깔이고 희망이다.

복사꽃 사랑

그리움이
꽃이 되어 온다면
화사한 봄,
마냥 기다리겠네

복사꽃 사랑은
님 그리는 마음

님의 얼굴이
꽃이라면
나, 잎이 되어
나풀거리리

그리움이
꽃이 되어 온다면
밤새 이슬 되어
기다리겠네

님 그리다 지쳐서
잠이 들면
나, 꿈길로
그대 찾아가리니

그토록
가슴 저리는 마음은
복사꽃 사랑

나, 꽃잎 되어
이슬 되어
그대 곁에 머무르리.

이른 봄 들녘에 서면

어김없이
또 봄이 왔는가
아직도 바람은 쌩쌩한데
푸릇푸릇 솟아나는
풀꽃들의 생명력은
경이驚異롭기만 하다

바위 틈새 비집고
꽃을 피워 내는 놀라운 힘은
어디서 나오는 걸까

숨막히게 외로울 때
들판에 서면 고독마저
사치奢侈임을 느끼게 된다

산을 바라다보면
언제나 포근하고 그립다
항상 그 자리 의연毅然한 모습

바위와 나무들이
산을 장식하고 연출하듯
우리 삶에도
활력과 재미가 필요하지 않은가?

움츠린 계절을 벗고
찬란燦爛한 봄을 맞이하자
들판에 서서 산을 바라보며
길게 숨을 고르자
잔설殘雪에도 매화 꽃망울
터트리는 봄
봄의 생명력에 경의敬意를 보내자.

민들레

후미진 돌틈사이 비집고 피어났네
밟히고 또밟혀도 끈질긴 삶이구나
샛노란 얼굴들어 하늘을 우러러도
지나는 길손하나 눈여겨보지 않네

세상사 속절없어 숨죽이며 사노라네
장미가 화려한들 오뉴월뿐 아니던가
민들레 비바람에 모질게 살았어도
햇살처럼 눈부시게 세상에 보일려네

처연한 꿋꿋함을 의젓이 담아내어
세상은 살만하다 일깨워 주고싶네
온들녘 하얗게 홀씨로 뒤덮어서
전설의 꽃말처럼 사랑을 전파하리.

라일락 꽃향기

라일락 꽃향기는
천상의 향기인가
향긋한 꽃내음에
마음이 설레인다

가슴속 파고드는
은은한 꽃향기는
선녀의 마음인가
사랑의 향기인가

청초한 그자태는
순백의 아름다움
눈부신 햇살속에
환희의 모습이여

영원의 향기쫓는
라일락 꽃편지에
추억만 새로워라
첫사랑이 그립구나.

이팝나무꽃

물푸레
밥태기꽃
눈처럼 하얗게 내렸구나
박꽃보다 더 하얗게
희디흰 꽃 주저리주저리
피워 냈네

꽃이 아쉬운 계절에 피어났네
오월의 보약으로…
보릿고개에서 신기루처럼 피어난
배부름 채워 준 이팝나무꽃

하얀 쌀밥처럼
먹음직도 하려니와
'이밥에 고깃국'이 절로 생각나게 하는
북녘 땅 우리 동포들의 소원
생각나게 하는….

산당화山棠花

산사山寺에 외롭게 펴
수줍음 타는가요

미소 머금은 봉오리는
터질 듯 말 듯

빠알간 입술
야무진 그 입매무새

귀엽다 못해
설레어라.

석류石榴

알알이
새겨넣은 그 사연
방싯 벌어진 그 입가
미소 사이로 스치우고

선홍鮮紅 빛
그 눈부신 자태
수줍음 타며 살짝
열어 놓은 것인가

가슴 아리게
못다 한 사연일랑
너, 영롱玲瓏한 그 입가
그 미소 안에
항상 머물게 하라.

개나리

노오란 손흔들며 봄소풍 나왔는가
들녘엔 고운미소 정답게 피어나고
꽃망울 다닥다닥 모습도 앙증맞네

얼굴도 가지런히 하늘을 날고 싶고
가녀린 긴허리는 바람에 하늘하늘
온종일 춤을추니 노랗게 꽃물드네.

백목련

천사의 화신인가 선녀의 자태인가
흰 눈이 내려온 듯 사월四月에 활짝 폈네
구름꽃 피어오른 추억의 언덕에서
나는요 꿈을 꾸려 목련꽃 찾아가네

봄색도 완연宛然하고 천지가 화사하니
목련꽃 그늘 아래 그대와 있고 싶어
옛시절 그립구나 눈부신 꽃봉오리
아련한 꿈이런가 순백의 님이시여.

하얀 찔레

숲속의 아카시아
짙은 향기
미풍에 흩날리고

하얀 꽃잎 입맞추니
님 생각 절로 나네

봄의 들녘에
누굴 반기려
수줍게 피어났나

님을 닮은 찔레꽃
하얀 얼굴
하얀 향기에
가슴만 먹먹.

꽃비

하얀 눈꽃
소리 없이 내리네

하얀 꽃잎
꽃분분紛紛 난분분亂紛紛
바람에 흩날리네

봄아씨 사뿐히
걷는 소리인가
귀 기울여 보네

꽃잎 지는 소리
봄이 가는 소리
들리지 않는데

봄은 바람 따라
떠나고 있다

하얀 꽃밭에
아련한 추억 남기고
서둘러 어디로
가려 하는지

눈부신 자태
오래도록 간직하고 싶은데

정녕丁寧 봄은
바람 따라 소리 없이
떠나가는가.

금계국金鷄菊

코스모스 닮은 노란 꽃
어제도 오늘도 바람 따라
하늘거린다
가로등 불빛을 쫓아 길어진
그림자만큼이나 눈길이 그리운데
아무리 손짓하여도
개목줄 잡아끄는 아가씨들
눈길 한번 주질 않네

곱고도 여린 몸매요
한 송이 꽃이거늘
개울가에 지천至賤으로 폈다 해서
당현천堂峴川 물소리만큼이나 무심한가
밤은 어스름 달빛 따라가도
체력 단련 걷기에 바쁜 사람들
행렬은 끝이 없네

그냥 풀 보듯 하지 마세요
나는 코스모스 닮은 노란 금계국.

봄이 가네

간밤에 못 들었나
목련꽃 지는 소리
흩날린 벚꽃잎은
대지를 수놓았고
신록은 새 옷 입고
누구를 기다리나

봄처녀 님 모르게
살며시 가려 하네
꽃단장 고운 모습
고이 두고 보렸는데
사월이 오월이가
앞서 오려 서두르네.

길섶에 핀 한 송이 꽃

길섶에 핀 이름 모를 꽃
나는 무심히 지나가는 길손
후미진 곳 외롭게 핀 꽃 한 송이
어쩌면 내 삶의 모습과 많이 닮았다

너 한 송이 꽃으로 온 하늘
받치고 살 듯
나도 두 어깨에 이 세상
받치고 산다

외로워도 힘들어도
하루를 견뎌내야 하니
우리 같이 하늘을 우러르며
한껏 용을 써 보자

꽃도 사람도
제멋, 제 특성대로
자기 나름대로
살아가는 것

꽃이나 사람이나
다를 게 뭐냐.

꽃은 향기

눈부신 햇살
싱그런 잎새 사이로
하얀 꽃잎 흰 눈 되어 흩날리네

백목련도 우아한 자태
그 화사華奢함 접어 두고
이제 고이 지려 하는가

아름다운 꽃잎
밤마다 찬이슬 머금으며
힘들게 지켜 낸 순정인데

그윽한 향기 품고
그대 곁에 멈춰 서네

용케도 때를 알고 떠나는 꽃님네들
언제 다시 보려나
꽃들은 그리움으로
향기를 전하네.

유월의 숲

봄바람 나도 모르게
스쳐 지나가고

진록으로 변해 가는 숲속에선
아침부터 뻐꾸기
속절없이 울어댄다

지루한 마른장마 냇물도 마르고
날씨는 후텁지근
한바탕
바람이라도 불어오면 좋으련만

공원 정자에 앉은 아낙네들
수다도 맥이 없고
부채질도 한가롭다

매미들은 언제쯤 목청껏 울어대려나
유월의 숲은 짙푸름으로 단장하고
뜨거운 칠월을 기다린다.

닥풀꽃

연노랑 고운자태
하루만 피고지니
그리운 모습일세

가녀린 긴허리는
바람에 하늘하늘
내마음 홀려들고

낯익은 얼굴인데
꽃말은 유혹이라
눈길이 자주가네

오크라 비슷하고
금화류 닮았다고
모두들 갸웃갸웃.

* 오크라 : 한약재. 뿌리는 한지 제조에 쓰임.
* 금화류 : 꽃잎차 재료. 골드 히비스커스(gold hibiscus)

당신은

당신은
아침 햇살처럼
따사롭고 부드러운 사람

당신은
달보드레한 커피처럼
달콤한 사람

당신은
들꽃처럼
산뜻하고 향기로운 사람

당신은
노란 개나리 피어나듯
내 맘 설레게 하는 사람

당신은
눈부신 진홍빛 장미처럼
순백純白의 목련처럼
우아한 사람.

어쩌면…

창가에 앉아
커피 한잔 마시는 거 그거
참 편안한 모습이지?
어쩌면 그게 행복일지도 몰라

하얀 구름 사이로 미소 짓는
그대 모습이 떠오른다면
어쩌면 그게 사랑의 전부일지도 몰라

나의 하루가 다람쥐 쳇바퀴 돌 듯
단조롭기도 하지만
어쩌면 그런 게 인생일지도 몰라

너는 어떻게 사니?
아침엔 공원에서 황톳길 걷고
낮에는 노래교실 가고
가끔은 친구 만나 수다도 떨고
저녁엔 책 보다가 잠들고

어쩌면 그게 진짜
사람 사는 것같이 사는 것일지도 몰라

누구나 스스로
만족을 느끼고 산다면 행복한 것
어쩌면 그게 인생을 잘사는 거 아니겠어?

'하늘이 파랗다'는 것을 아는 것만큼이나
행복은 쉬운 거라 하는데
어쩌면 인생이란 그런 거 아니겠어?

사랑

두 눈
꼬옥 감고
풍덩 빠지는 게 좋다

그냥
가슴속 깊이
간직하고 있으면 좋다

사랑
그것은
받는 것이 아닌 주는 것

사랑
그것은
이유 없이 믿어 주는 것

그래서
사랑은
눈빛이고 몸짓이고

그냥 바라만 봐도
좋기만 한 것이다.

쌍계사 벚꽃길

쌍계사 십리벚꽃
황홀한 꽃잔치길
신선이 노닐었나
별천지 따로없네

화려한 꽃잎무리
장엄한 꽃길이여
갈때는 두줄기길
올때는 한줄기길

은밀히 눈맞추어
섬진강 아우르니
물소리 바람소리
꽃물결 춤을춘다

혼자는 못가리라
아롱진 추억의길
만개한 벚꽃속에
햇살도 물결친다.

그리움 1

아슬한 그리움
내버려두어라
못다 한 사랑은
애달파지는 것

이 밤을 지새며
몸부림쳐 봐도
그립고 그리워
눈물나는 것

그리움 하나로
견디는 마음은
내일의 희망을
찾고자 함이니.

그리움 2

그립다 생각하니
더욱 그리워

서러워 돌아서니
못내 서러워

그리움 서러움이
하나가 되어

못 잊어 잊으려니
가슴만 먹먹

사랑은 미련인가
아픔이런가

그리움 소리 없이
쌓여만 가네

님 보고파 헤매는 발길
고운 님 지켜 주는
차가운 달빛.

제2부

소녀를 찾았네

사람도 꽃

사람도 꽃과 같다네
꽃은 어디에서 피어도
아름답고

사람도 자기다운 꽃을 피울 때
아름답다 한다

내가 무슨 꽃이랴
그러나 인생에도
향기와 색깔이 있다

자기다움을 알아채지 못하고
사는 사람
수두룩한데

지금부터라도 자기다운 꽃
나다운 꽃 피워 가며
살아야겠다.

누군가를 사랑할 때

내가 그 누구를
사랑하고 있음을
느낄 때

그 시간은
이 세상에서 가장 빛나는
시간이 될 것입니다

내가 누군가로부터
사랑받고 있음을
느낄 때

그 시간은
이 세상에서 가장 귀한
시간이 될 것입니다

내가 지금 누군가와
사랑 이야기를
나누고 있다면

그 시간은
이 세상에서 가장 아름답고
고귀한 시간이 될 것입니다.

알 때쯤엔

사랑을 알 때쯤엔 사랑은 식어가고
우정을 알 때쯤엔 친구는 떠나가네

부모를 알 때쯤엔 부모는 내 곁에 없고
건강을 알 때쯤엔 내 몸은 쇠약해져 가더라

세월을 알 때쯤엔 인생이 한 점 뜬구름 같고
물정物情을 알 때쯤엔 세상은 변해 있었다

사람을 알 때쯤엔
인심이 조석변朝夕變인 걸 알았고
나 자신을 알 때쯤엔
인생에 정답이 없음을 알았다.

머언 하루

하늘아 푸르렀냐
냇물아 푸르렀냐
차가운 북녘으로
나르는 새 한 마리
이 마음 갈 곳 없어
갈대밭 서성이네

떠도는 뭉게구름
내 마음 알아줄까
저녁놀 붉어드니
이 밤도 깊겠구나
목월木月 술 익는 마을
구름에 달 가듯이

나그네 외로운 길
강마을 그립구나
그리움 고이 접어
하늘에 매달거나
하루가 이리 먼 줄
예전엔 몰랐었네.

기다리는 마음

능소화 흐드러지게 피던 여름 가고
노오란 은행잎 가을을 물들이네
찬이슬 내리고 소슬바람 불어오니

그리움…
단풍 되어 날 찾아왔는가
길섶의 코스모스도
이름 모를 이 반겨 주는데
지난여름에도, 올가을에도
온다던 이 소식 없네

갈바람 밤공기는 차가운데
이 밤, 또 어이 지새울거나.

옛 추억

가을 빛깔 따라 옛 추억 못 잊어서
지그시 눈 감으니 꿈인 듯 아련하고
못다 한 사랑 얘기 한순간 그리움에
보고파 눈 돌리니 애틋한 님의 모습

지나간 추억이야 잊을 만하련마는
뒤돌아 생각하니 가슴만 울렁이네
인생은 구름이요 삶은 추억이런가
세월은 거짓 없고 세상은 덧없어라

달빛은 아스라이 들녘을 밝히는데
그리움 뒤안길에 살며시 품에 들고
별빛은 다가와서 외로움 달래 준다
추억도 병이라고 눈물져 아린 가슴.

소녀를 찾았네

가없는 사랑
깜깜한 그리움에
못다 한 세월

해 질 녘 어스름에야
소녀를 찾았네
그 이름 영이
헤어진 지 어언 44년

소년은 그리움에
늙어만 가는데
소녀는 옛 모습 그대로이네

소년의 이름은 후니
꿈같은 기적의 해후
해 질 녘 어스름에야
소녀를 찾았네.

예전엔

예전엔
하늘이 높다 해도
눈시리게 파란 줄 몰랐었다

예전엔
뜨는 달 지는 별이
그리움인 줄 정말로 몰랐었다

예전엔
못 보고 그리우면 그것이
사랑인 줄 진정 몰랐었다

예전엔
여인이 꽃보다 더
아름다운 줄 미처 몰랐었다.

혼자라는 것

혼자는
자유는 무한정
그러나
무지 허전하다는 사실

혼자로는
되는 일도, 안 되는 일도
아무것도 없다는 사실

혼자서는
내가 왜 여기 있어야 하는지조차도 모르고
나 스스로도 나를 알 수 없게 된다는 사실

그래서
혼자는 혼자여서, 혼자이기에
혼자 마음이 많이
아프다는 사실.

애태우는 밤

바람이 부는 것은
마음을 식혀 주려는 것이요
계절이 바뀌는 것은
사랑하고픈 마음의
일깨움이다

나는 무더운 긴긴 여름밤에
가을의 사랑 노래를 부른다
눈꽃 바람에 흩날리던 꽃길
화려한 봄날의 꿈도 꾼다

'자스민' 그대의 꽃잎 향기
잊을 수 없어
언제, 다시
바람 따라, 계절 따라 오시려는지

나는 이 밤,
그대의 향기 쫓아
길고 긴 사랑 여행 떠난다.

그대는 아는가

그대는 아는가
중바위 언덕의
어린 시절 추억을
완산칠봉完山七峰 그 숲속의
아련한 추억을

그대는 아는가
남고사南固寺 절터에 핀
붉은 산당화山堂花
방싯 벌어진 그 수줍은 미소를

그대는 아는가
무심한 세월은
덫이 되었고
아픈 청춘은 애달픈
꿈이 되었다

그대는 아는가
미완未完의 사랑이
어떤 것인지를

홀로 창가에 앉아
이 밤을 지새우는 까닭을.

비 오는 날엔

비 오는 날엔
창가에 앉지 마세요
그리움 빗방울 되어
창을 두드리면
그 사람
생각이 나니까요

비 오는 날엔
빗소리 귀담아 듣지 마세요
그리움 빗소리 되어
허공을 맴돌면
그 사람
보고 싶어 눈물이
날 테니까요

비 오는 날엔
창문을 열지 마세요
그리움 품은 바람이
오롯이 스며들면
슬퍼질 테니까요

비 오는 날엔
창가에 앉지 마세요
창문에 부딪치는
빗방울 소리에
그리움만 샘물처럼
솟구칠 테니까요.

사랑은

1.
사랑은
참아 주고
기다려 주고

마음을
같이하고
늘 생각하고

마음에
담고 있어
보고 싶은 것

마음에
불이 나서
목이 타는 것.

2.
사랑은
눈빛이고
기다림이고

사랑은
매일같이
꽃에 물 주듯
꾸준한 보살핌이
있어야 하는 것

사랑은
희생하는
큰 마음.

집에 가는 길

좁디좁은 좌석 한켠
지쳐서 앉은 자리
노원 15번 마을버스
집에 가는 길

사는 거 그거
모래 한줌 쥐는 것이다

오늘 하루도
많이 휘청거렸네

밤하늘을 보니
보름달 떴다
달아,
너는 누굴 보고
웃고 있느냐.

인생의 길

너무 흰 것은 더러움이 잘 타고
흐르는 물에는 얼굴을 비춰 보지 못한다

재주 많은 사람 좋을 것 같지만 고생이 많고
베푸는 덕德에도 부족함이 있어 보인다

완전한 것이 아닌 흠결에서 아름다움이 빛나고
세인世人의 시선으로 나를 봐야
스스로 깨우친다

인생에 정해진 길 따로 있을 수 없고
자기 갈 길 스스로 만들어 가는 것이다
고요함과 온유함을 마음에 품고 간다면

멀어도 흔들림 없는 길,
인생의 큰 길이 열리지 않겠는가?

진실한 마음으로

아는 것 말하는 건 쉬워도
그것을 행하긴 어렵고
눈맞춰 들어는 줘도
마음에 새기긴 힘드네

가슴을 열어야 비로소
사랑의 모습이 보이고
진실한 사귐이 있어야
만남도 의미가 있다네

이 세상 믿음 없으면
희망도 보람도 없는 것
인생은 소망을 가져야
미래가 있는 것이니

믿음과 사랑을 진실로
끝까지 행하게 하소서.

도봉산 둘레길

도봉산 둘레길은 오색 홍엽
튕기면 깨질 듯 파란 하늘 펼쳐져 있네

도봉 옛길 따라 우이암 오르는 길
계곡은 초록빛 등산객 삼삼오오

세종이 드셨다던 무수천 원터 약수
시원도 하려니와 물맛도 그만일세

연리지 단풍나무 시간을 잊었는데
환난의 도봉사 천년을 지켰고나.

* 도봉사 : 고려 광종 19년(968) 해거국사가 창건했으나
          여러 번 소실됨.

불·수·사·도·북佛水賜道北

1.
불암산佛岩山 바라보며 부처님 대자대비
삿갓봉 정상에는 새들도 공양供養할까

수락산水落山 계곡 따라 수려한 경치들은
절개節介가 뛰어나서 은둔隱遁도 마다 않네

사패산賜牌山 깊은 계곡 여름도 가을 같고
신선이 머물었나 요기妖氣까지 느껴지네

도봉산道峯山 구름 뚫어 인수봉에 머무르니
사람들 우러르며 바라다볼 뿐이로다

북한산北漢山 정기 받아
사모관대紗帽冠帶 몸 갖추니
서울의 참배객들 수도 없이 모여드네.

2.
불암산 바위마다 엎드려 참배하니
석장봉 거북바위 억겁億劫을 지켜내고

수락산 경치 좋아 도솔봉兜率峰 올라서니
동막에 올랐는데 동막에 내림일세

사패산 송추계곡 만추晚秋의 안개비는
한 폭의 수채화요 천하의 절경絶景이고

도봉산 우뚝 솟은 자운봉紫雲峰 주능선은
험하기 그지없어 경기의 금강金剛이라

북한산 정기 뻗어 백운대白雲臺 하늘 닿고
원효봉元曉峰 아름다워 천년千年을 기렸도다.

전주全州 연가

전주천全州川 맑은 물 굽이친 곳에
한벽루寒碧樓 오목대梧木臺야 잘 있느냐
선 넘어 딸기밭의 그 님은 어데
수줍어 그리움에 못다 한 사랑
아련한 추억 속에 흘려보내리

기린봉麒麟峰 밤하늘에 떠오른 얼굴
헤어진 그날 밤이 애처롭구나
다가산多佳山 저녁노을 옛 님의 모습
새파란 하늘가에 새겨진 사연
가없는 세월 속에 묻어 보내리

덕진호德津湖 연꽃들 아름다워라
송백松柏은 아름드리 하늘을 덮고
유두절流頭節 머리 감던 새악시 모습
여인네 웃음소리 즐거웁구나
한여름 배롱나무 열정熱情의 꽃들

전군로全群路 밤벗꽃길 흰 눈이 왔나
만경강萬頃江 둘레길 십리를 가도
그리운 님의 모습 간 곳 없어라
초승달 애잔하게 님 그리는데
호남湖南의 제일문第一門만 객客을 반기네.

노원 이야기

노원蘆原은 녹원鹿苑이다
노원벌 병풍같이 에워싼
사패, 수락, 불암산은
도봉산 정기를 이어서 좋다

숲엔 새들이, 계곡엔 물이
파아란 하늘 아랜 구름이
산을 맴돌고, 당현천 갈대숲은
바람에 한가롭다

공원마다 오솔길, 숲길, 놀이터
연인들, 친구들, 아해兒孩들
웃음꽃 피며
쉴 곳, 놀 곳도 많다

푸르른 산, 눈시린 하늘은
두고 온 고향산천을 닮고
냇가의 돌다리는 어린 시절의
그리움 그대로…

상·중·하계 계곡엔
물고기 떼 이리저리
시골 같은 정겨움 있어 좋다
노원은 녹원鹿苑이어서 좋다

상전벽해桑田碧海 이전에도
노원벌은 옛 그대로
망향의 꿈 이루기 어언 40년
타향살이 서러움도 다 잊었지

쏟아지는 별빛 아래
바람에 하늘거리는 갈대숲길
강둑 거니는 연인들 모습 정겨워라

산과 물, 구름과 파아란 하늘
사랑하는 사람들이 모여 사는 곳
그리움이 있고, 꿈이 머무는 곳
노원, 녹원鹿苑이어라.

당현천堂峴川 길

꽃그늘 속 설레임
느껴보아라
봄바람 미소 짓고
다가오는가

산은 푸르르고
하늘은 높고
냇물은 유유히
흘러만 간다

무리지어 반기는 꽃길
걷고 또 걷다가
다리 아프면 쉬어 가자
서둘 일 아니다

무거운 생각 버리니
발걸음 이렇게 가벼운데
욕심을 채우려 들지 말자

마음이 허전하면
노래 불러라
그러다 눈물 나면
웃을 일이다.

한 오 년만

내 아직 죽기 이르니
나 한 오 년은 더 살아야겠네
이 래도 한세상 저래도 한세상
가 고 싶은 데 가고, 하고 싶은 것 하고
어 떻게 살아야 후회 없는 삶이 될까?
때 로는 사는 게 지겨울 때도 있고
서 글플 때도 있지만,
　어쨌든 한 오 년만 더 살았으면 좋겠네.

욕망欲望

욕망은 본능이고
창조의 근원
욕망은 야망이고
절제節制가 미덕美德

욕망은 힘의 원천
유익有益과 조화調和
욕망은 로망의 길
삶의 활력소

욕망은 바람이고
삶의 몸부림
욕망은
눈을 뜨게 하기도
눈을 멀게 하기도 한다.

찰나刹那

눈뜨면 이승이요
눈감으면 저승이라
한세상 지나고서
눈 비벼 다시 보니
삶 자체가 순간이고
찰나에 불과하다

풀잎에 맺힌 이슬
햇볕 들면 사라지고
냇물 흘러 강江이 되어
바다로 가 하나 되니
사라지고 멀어진 것
순간이고 찰나이네

오늘을 사는 마음
낮과 밤이 따로 없네.

떳떳하고 의젓하게

말과 행동은 떳떳하게
주저하지 말고

말과 행동은 의젓하게
지척거리지 말고
그리해야 신뢰를 얻는다

떳떳함의 내면은
숨김 없는 진지함이고
의젓함의 내면은 겸손함이다

적당히 넘기는 애매한 처신
지혜로운 듯하지만
자신과 주변을 혼란스럽게
할 뿐이다.

개똥밭에 뒹굴어도

아침저녁 사는 것도 먹는 것도
개와 같이 들짐승같이…

살기 위해 먹느냐
먹기 위해 사느냐
이도저도 아닌 것 같다

그럼 왜 사느냐
그건 잘 모르겠다

개똥밭에 뒹굴어도
저승보다 이승이 더 좋다는 말로
대신할밖에….

삶이란

사는 게
힘들지만
하루를
잘 견디고 나면
다음 날도
그다음 날도
견딜 수 있게 된다

삶이란
희·로·애·락의 경연장
살다 보면
웃기도 울기도 한다

내일이라는 희망으로
오색 무지개를 잡을 듯
꿈꾸고 용을 쓰지만
그러나,
행운보다는
고난이 많다

살아봐야만
알게 되는 것이
우리 삶이다

사람은
망각의 시간이
올 때까지도
내일을 위해
오늘을 사는
불가사의한 존재存在다.

인생의 맛

시고달고 쓰고맵고
오르막길 내리막길
인생의맛 오묘하다
좋은일도 슬픈일도
기약없이 찾아드네

기쁨사랑 고운인연
감사행복 은혜로세
인생의맛 오묘하다
운명으로 돌릴거냐
마음먹기 달린것을

청운의꿈 황혼의꿈
깨어나니 한낮일세
인생의맛 오묘하다
반백넘어 팔십되니
이팔청춘 그립구나

인생만사 새옹지마
이악물고 버텼건만
인생의맛 쓰디쓰고
외로움만 첩첩산중
누구라서 의연할꼬.

황혼의 추억

산등성이 아지랑이 봄빛 같고
푸른 하늘 우러르니 물결 같고
풀섶 아래 돋아나는 들꽃들은
새악시 볼 부끄럼이 아련한데

사랑하기 두말없이 딱 좋은 날
갈댓잎에 속삭이는 햇볕같이
태어나서 처음 느낀 황홀함도
바람처럼 구름처럼 정처 없네

떠다니는 흰 구름이 내 맘 같아
꿈이런가 눈감고서 헤아려 보니
반백半白이 된 내 모습 어이가 없어
지나온 삶 한숨지니 애달프구나

하얀 달빛 기척 없이 고요한데
이슬같이 차가워진 외로운 몸
그 뉘라서 손짓하며 다가와 주리
아스라한 옛 추억에 먹먹하구나

애틋하게 젖어오는 아린 가슴에
청춘엔들 사랑, 꿈을 이뤘으랴만
쓸쓸한 밤 긴긴밤을 울어예노라
첫사랑의 앳된 모습 그리웁구나.

커피의 미학美學

혼자 마시는 커피는
고독을 느끼며 마시고

친구와 마시는 커피는
마음이 통하여 마시고

사랑하는 이와 마시는 커피는
즐거움을 녹여 마신다

커피는
함께하는 사람마다
분위기도 다르고
향기와 맛도 다르다

달보드레한 카푸치노는
누군가 그리워질 때

쌉싸름한 아메리카노는
비 오는 날 창가에 앉아서
마시면 어울릴 것

꿀차 같은 다방커피는
마담과 농을 주고받으며
마셔야 제격이듯이

커피는 사람 따라 분위기 따라
그 맛도 향기도 제각각이다.

지혜로운 삶

지식은 입으로
말하려 하지만
지혜는 두 귀로
들으려 합니다

상식은 사람을
편하게 하지만
진리는 사람을
깨우쳐 줍니다

착하게 살면
이웃이 편하지만
바르게 살면
모두가 편합니다

지혜로운 삶은
많이 듣고 적게 말하며
바른 마음으로 티없이 맑게
영혼이 빛나게 사는 것입니다.

인생은 산수算數

인생은 산수
더하기 빼기
곱셈 나눗셈과
닮았다

그러나
내가 영零이면
아무것도 아니다
그러니
우선 나부터
채워 놓고 볼 일이다

인생은
쌓아 놓기만 하면
몸과 마음에
좀이 생기게 되고
더하고 비우고
나누는 여유를 가지면
건강한 곱셈 인생으로
변하게 된다.

노인송老人頌

물잘든 단풍잎은
꽃보다 아름답고
사람도 잘늙으면
청춘이 안부럽다

잔잔한 물결처럼
온유한 마음이면
장대비 내리쳐도
피할곳 염려없지

이한몸 노심초사
무언들 만족하리
비우고 또비워서
가볍게 살고지고

팔십여 살았어도
미련을 못버리면
떨쳐도 백팔번뇌
뉘라서 온전할까

베풀며 사는것이
인생의 보람이다
힘들게 살지말자
마음에 천국있다.

구순망백九旬望百

구순망백 곧 닥친다
누구라도 찾아든다
정신 차려 대비하자

산수傘壽 나이 구순九旬 되면
아들 나이 환갑 되고
손자 나이 삼십 된다

십년이면 강산江山도 변해
걷는 것도 힘들 거고
상판대기 온통 주름

팔십 나이 젊은이여
하고픈 거 다함세나
백 세 되어 후회 말고

무병장수無病長壽 바라거든
인색해선 안 된다오
부지런히 몸 받드소

허무한 것 인생살이
못 믿을 건 풍진세상風塵世上
바라노니 안락쾌적安樂快適.

동그라미

동그라미 그리며 산다
큰 동그라미 작은 동그라미
우리는 누구나 동그라미 그리며 산다
큰 동그라미 그리려다 작은 동그라미도 되고
크게 그렸던 동그라미 작게도 된다

태초부터 우주는 동그라미였고
작은 물방울 하나도 동그라미다
동그라미의 의미는 그렇다

작은 동그라미 많이 그리면
마음도 작아지고
크게 그리면 마음도 커진다
그래서 큰 동그라미 주인은 부자다

마음도 동그라미
돈도 동그라미
이 세상은 동그라미 천지다

동그라미는 클수록 좋다
우리는 동그라미 세상에서
동그라미 그리며
동그라미 속에서 산다.

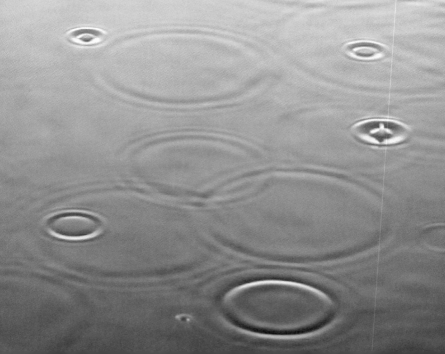

희망가

덧없는 인생길 궂은일들
언젠가 잊혀져 가겠지만
지난날 아쉬움 못다 해서
오늘은 언제나 서글퍼라

현실과 기적의 간극間隙에서
마음은 희망가 부르지만
가여운 영혼은 쉴 곳 없고
간절한 기도는 무용지용無用之用

허무한 인생의 뒤안길에
누구나 정해진 생로병사生老病死
언젠가 가야 할 길이지만
이토록 험할 줄 몰랐었네

인생은 즐거운 여정旅程인데
질곡桎梏의 어둠을 가야 하네
염원念願과 소망을 놓지 말고
희망의 내일을 빌어 보자.

흘러가는 대로

바람 부는 대로
구름도 떠가는 대로
햇살도 비치는 대로
냇물도 흘러가는 대로
그냥 내버려두자

꽃도 피고 지고
나뭇잎 단풍 들면
그만인 것
마음에 담아 두면
아쉬워 눈물이 난다

생각해도 끝이 없고
그리워해도 끝이 없다
그냥저냥 흘러가게
내버려두자.

내 눈에 들보

남의 눈에 티 하나가
내 눈에는 들보인데
내 마음과 늬 마음이
어찌 같다 할 수 있냐

두 눈 감고 곰곰 생각
세상일을 살펴보니
내가 하면 아름답고
네가 하면 추하더라

기둥 치면 들보 울고
티는 가시 못 되는 것
네 탓 내 탓 하지 말고
가슴 열고 살아가세.

가을엔

가을엔
파아란 하늘이고 싶고
시원한 바람이고 싶다

가을엔
풀벌레 울음이고 싶고
밤하늘 별이 되고 싶다

가을엔
누런 황금 벼이삭 익어 가는
들판이고 싶다

가을엔
국화꽃 되어 고운 님 손길에서
피어나고 싶다

가을엔
탐스런 홍시 되어 농익은
사랑하고 싶다.

가을은 그리움

푸른 하늘 눈시리게 차가웁고
불어오는 산들바람
마음까지 실어가네

홀로 벤치에 앉아
무지갯빛 추억을 하늘가에 띄워 본다

길섶엔 가냘픈 코스모스 하늘하늘
그리움에 지친 여인의 모습 애상하다

가을은 첫사랑이 그리워지는 계절
이별의 순간들 한 폭의 수채화처럼
담담히 그리움으로 다가오고

가슴 가득 밀려오는 회한은
꿈속을 맴돈다

가을은 노랗게 그리움으로
황금 벌판을 수놓고 있다.

가을과 겨울 사이

황금물결 파도치던
풍요로움 다 거둬들이고
곱게 물든 오색 단풍
고운 자태 다 떨궈 놓고
가을이 가네

가을엔 파아란 하늘 있어 행복하고
하얀 뭉게구름 타는 꿈도 있다
아름답고 행복한 가을
마음에 피워 둘 한 송이 들국화…

스산한 찬바람은 갈잎을 흩날리며
겨울을 재촉하네
허~한 내 마음은
텅 빈 들녘을 서성인다

그래도, 누군가 그랬지
가을과 겨울 사이는 아름답다고….

가을은 이제 먼길을 떠났습니다

찬 서리 내리더니 가을은 갔습니다
푸르던 하늘은 검게 변하고
온종일 비가 내리더니
낙엽 쓸리는 소리와 함께 가을은 갔습니다

철새들 지저귐도 그치고 남쪽으로 떠난 자리
텅 빈 공원 벤치 위에 현란한 오색 단풍
외로움 달래던 아름다운 가을은 떠나갔습니다

눈시린 푸른 하늘 저 높이 매달린 추억마저
가을빛 흩뿌리며 기어이 갔습니다

섣달 보름에 뜨는 달은 무척 아름다울 거라고
차가운 별빛은 더 영롱할 거라고 위로의 말 남기고
가을은 내년을 기약한 채 먼길을 갔습니다

회색 자리에 어둠이 깔리고 눈이 내리네요
밤은 더 어둡고 깊기만 합니다
가을을 그리워하는 마음은 나를 떠나간
여인만큼이나 애틋한 것인가요.

만추晩秋

나뭇잎 한 잎 두 잎 추억을 물들이고
들국화 향기 담아 달빛에 적시운다

가녀린 가지마다 차가운 바람 일고
하늘은 노을빛에 곱게도 물드는데

설레는 기다림에 지쳐 흐느껴도
둥근달 구름 뒤에 숨어든 님이시여

희미한 별빛 아래 그리운 님 찾아가는 길
교교皎皎한 달빛만이 나를 비춰 주누나.

선운사禪雲寺 동백

동백꽃 좋아해서
그대와 걷던 선운사 길
꽃 보러 가는 길은 멀기만 해서
개울에 비친 고목古木 보며
쉬어도 갔지

동백꽃 봉오리, 채 아니 펴
되돌아올 땐
아쉬움 어찌나 큰지

서정주 시인의 '육자배기' 시비詩碑
한 구절이 위안이었고
복분자 한 잔 술도 즐거웠지요

그대와 동백 보러 다시 못 가면
나 이제 그리움 안고
어찌 살 거나!

동백꽃은 져도
그리운 마음 피고 또 핀다네
꿈길에서나
선운사 가는 길 찾아야 하네
선운사 가는 길은 멀기만 한데.

눈이 내리네

가로등
외로운 불빛 속에
흰 꽃잎 되어 눈이 내리네

겨울에
피는 하얀 꽃
하염없이 내리네

어둠 밝히려
하얀 옷 갈아입고
대한大寒 날
용케도 찾아오네

하늘 가득
눈이 오네
산에도 들에도
온통 하얗게

남몰래
차가운 눈물 훔치는
님의 외로움 달래 주려

그리움
곱게 접어
사뿐히 오시는가

소복소복
눈처럼 그리움만 쌓이네

외로운 가로등
불빛 아래 내리는
하얀 눈꽃잎.

겨울비

눈이 와야지, 웬 비?
추적추적 겨울비 내린다

을씨년스런 하늘은 꼭
찌푸린 마나님 얼굴

공처가恐妻家는
해가 뜨길 기다린다

해야 떠라
마나님 얼굴아 풀려라

겨울비 아랑곳없이
온종일 내린다

공처가 사는 모습
겨울비를 꼬옥 닮았다.

겨울 가뭄

거북등처럼 갈라진 저수지
목이 탄다
겨울 하천은 온통 갈대밭이다
해를 삼켜 버린 검은 하늘이 더 반갑겠어
불을 너무 많이 지펴 지구가 화가 난 게야
자연의 이치와 과학문명은 상극이다

단비, 단비… 눈, 눈… 흰 눈…
어서 와라
눈비가 오면 싫었는데,
앞으론 고마워해야지!

물 부족국가, 국제기후협약
이건 예사로운 일이 아니다

산과 들, 목이 타고 내 목도 타들어간다
힘차게 흐르는 계곡물 소리 그립다
물, 물, 물…
내 마음도 거북등처럼 갈라져 간다.

동지섣달

차가운 산은 멀리만 보이고
회색빛 하늘은 을씨년스럽다
산과 하늘은 가을을 닮았으면
좋으련만

같은 산 같은 하늘이어도
계절을 탄다

산이 보이고
하늘이 보이는 곳
덩그러니 혼자 숨 쉬는 곳
아무도 찾는 이 없는
적막강산寂寞江山에

흰 눈 내려 더 하얘진
검은 밤이 온다 해도
새삼 외로울 것도 없지마는

매일 연인처럼 바라보는
산과 하늘이고 보니
푸르고 파랗기만을
꿈꾸는 것이다

동지섣달 구름 사이로
뜨는 달만큼이나
그리운 것이다.

겨울 연가

차가운 나뭇가지 바람에 흔들리고
서러운 등걸마다 긴 사연 안고 울면
고운 님 떠난 자리 그림자 애처롭고
눈밭에 서성이는 이 마음 정처 없네

사랑이 남기고 간 인생의 뒤안길엔
순백純白의 진실들로 오롯이 쌓여 있고
꽃잎에 새겨 놓은 추억만 아련하네
사랑은 무엇이고 인생은 무엇인가

세월은 속절없고 미련도 병이 되니
초로初老에 계절 안고 눈물져 우는 마음
희미한 별빛 아래 겨울의 긴긴밤을
촛불을 밝혀 들고 하얗게 지새우네.

와사보생臥死步生

'누죽걸산'이란다
누우면 죽고 걸으면 산다고

앉아 있는 시간도 많으면
수명을 단축하고

많이 움직일수록
비만도 예방하고
수명도 연장된다

약신藥神보다는 식신食神이요
식신보다는 행신行神이다

언제 어디서나 시간이 나면
무조건 걸어야 산다
즐겁게 걸어야 한다.

제4부

이 세상에
하나뿐인 명품

사람이 살면서

기다림처럼 설레임 없고
만남처럼 즐거움 없다

하늘을 나는 기적은 없어도
매일같이 걷는 기적은 있다

꽃향기는 십리를 못 가지만
사람의 향기는 만리도 간단다

보고 싶어도 못 보는 것은
꿈에서라도 볼 수 있고

한번 쌓은 정분은
백년이 가도 끝이 없다

마음은 언제나 청춘인데
어찌 세월만을 탓하랴.

친구여

바람처럼 이 가을에
홀연히 떠나가니
하늘의 푸르름 아쉽구나

아름다운 추억을 간직한 채
미완未完의 뜻 아련히 떠올리며
떠나갔구나

잘 부르던 뒷동산의 노래처럼
아침 이슬 맺히듯 영롱하게
아쉬움 남기고 멀리 떠나갔구나

편안히 잘 가시게나
친구여~.

고향 무정

그리운 고향집을
꿈길에 찾아드니
동네는 그대론데
이웃들 간곳없네

구름이 흘러가듯
세월도 유수러니
그리운 옛시절이
아련히 떠오른다

빨래터 시냇가엔
갈대만 무성하고
뛰놀던 골목길은
솔낭구 밭이됐네

백발이 성성한몸
마음만 소년되니
옛일을 못잊고서
세월만 탓하노라.

모순矛盾과 역설逆說

나의 불행은
너의 위안이 될 뿐이야
이건 역설적이고 모순된 말 같지만
부인할 수 없는 사실이고 현실이다
그러니
무심코 위로의 말 한 번 건네는 데도
신경 써야 한다

외관상 자가당착적自家撞着的인 말,
모순되는 말도
뒤집어 놓고 보면 해학적諧謔的으로 들리고
정곡正鵠을 찌르는 말이 될 수 있듯이
말이란 때와 상황에 따라
해석과 의미가 달라지기도 한다

표현과 표현이 모순을 일으킨다
역설은 반어법적反語法的인 요소도 있다
"말 한마디로 천냥 빚을 갚는다"라는 말
세치혀로 사람도 얻고 기회도 얻을 수 있다

우리 삶의 내면을 들여다보면
모순투성이고 자기모순에
빠져 있기도 하다
역설적인 말, 부조리하게 들리기도 하지만
그 안에 진실을 담고 있다

말 한마디라도 잘 하고
가려 하는 것이야말로
말에 복福을 짓는
첫걸음이 되지 않을까 싶다.

멋진 인생

멋진 인생은 오래 살아야
맛볼 수 있다

마지막까지 건강하게
살아남은 자가 인생의 승리자다
그것이 멋진 인생이다

앞서간 이들 바라보며 살아 숨쉬고 있는 자
그들이 성공한 인생인 것이다

나는 다 지켜보았노라
그대들 떠나는 모습을
나는 느꼈노라
인생의 허무함을
그래서 나는
인생을 위로하려 하노니

솔로몬의 권능과 지혜를 가졌다 한들
살아 있지 않다면
무슨 소용이 있는가?

구원救援과 영생永生은 하늘에 맡기고
이 생을 끝까지 잘 살아야 한다

살아 있는 자여, 그대는 승리자!
우리 함께
멋진 인생을 위해 축배를 들자
멋진 인생을 위해 끝까지 살아보자.

다짐

마음이 아파도
아프다고 말하지 않기

짐이 많아도
무겁다고 말하지 않기

아무리 적막해도
외롭다고 말하지 않기

사는 게 힘들어지면
흩어지려는 마음 꼬옥 붙잡기

나 자신을 존중하고
나에게 잘하기

살아 숨 쉬는 것 모두
모든 것 다 축복이니까.

옛 친구

반백년 한참 지나
잊고 지낸 세월 속에

간간이 보았지만
마주보고 앉아 보니

어릴 적 뛰어놀던
그 모습이 아련하다

척하면 알 수 있는
착한 마음 그 속내도

어쩌면 그리리라
주름 잡힌 노인 모습

그대로 마음만은
동심童心으로 돌아가네

이렇게 해후邂逅하니
반갑다, 옛 친구야.

혼밥

혼밥이 뭔가 했더니
내가 매일 먹는 밥
한끼더라

아무리 날이 화창해도
혼자서 밥 먹는 일은
무지 처량한 일
절간이 따로 없다

혼자라는 건 이렇듯 적막이라
혼자서는 사는 재미 하나 없고
혼자서는 왜 사는지조차
알 수 없게 되는 것이다

꽃도 들판에 홀로 피어나면
외로워 비바람에 처진다

그래서
뭉치면 살고
헤치면 죽는다는 말이 있는가?
나는 혼밥 할 때마다
적막강산을 느낀다
외로움보다 더한 쓸쓸함을…

한끼라도 정성스럽게
차려진 밥상을 마주하는 이들이여!

그대들은 행복한 줄 알라!
행복이 어디 따로 있는가?
내 주변 소소한 즐거움이
바로 행복인 것을…
혼밥 하나로 감히 행복을 말하노니.

꿀단지

동창 재벌 친구와 가끔 점심을 같이하는데
어느 날 이렇게 말했다.

"나 엊저녁에 꿀단지를 놓쳐 깨트렸지 뭐야.
그거 쓸어 담느라 혼나고, 마나님한테 혼나고
땀이 바싹바싹 나더군."
"자네, 맞아 죽지 않은 게 다행이네그려."
말은 그렇게 했지만 속으로 웃으며 생각했다.
'돈 많은 부자도 꿀은 쓸어 담는구나,
버리지 않고, 하기야 쌀 한 톨이라도
버리지 말아야지.'

오늘 깨달은 일
'꿀단지를 깨트린 건 이유 불문하고
마나님한테 맞아 죽는 일이다.'

보통 큰일이 아님을 팔십 나이에야 알았다.

책冊

책엔
과거도 현재도 있고
역사도 문화도 있고
상식도 출세도 있고
사랑도 감동도 있네

책은 금광맥金鑛脈
나는 금 캐는 광부

책은 오색 황금 들판
나는 수확하는 농부

책은 나의 선생님
나의 동반자

책이 있어 인생이 있고
책이 있어 나, 여기 있네.

비르짓다

그대는 기적을 꿈꾸고 있소
어서 일어나요
한 움큼만 자면 됐지
뭔 잠을 그리 오래 자오

이젠 긴 잠에서 깨어날 시간입니다
가을 하늘은 맑고
밤공기는 차요
풀벌레 속절없이 울어대는
깊은 가을밤
난, 그대 곁에서 잠들고 싶소
어이 집으로 갑시다

비르짓다!
못다 한 사랑 머금은 채
어느 꿈나라로 또 가려 하오
유현이, 건우, 주원이, 지우가
새순처럼 돋아나
또랑또랑한 눈망울로
당신을 기다리고 있지 않소

비르짓다!
이제 그만 일어나요
다 못 본 눈시린 파아란 하늘
영롱한 밤하늘 별을 헤러
어서 집으로 갑시다

영준아, 영수야, 순호야
추운 겨울 오기 전에
어이 집으로 가자!

어서 집에 가자!
집에 가서 편히 쉬자
비르짓다야!

청춘 타령

사십 대가 이십 대를 보면
분명 청춘이라 하고
육십 대가 사십 대를 보면
분명 장년이라 하지

그런데
팔십 대가 육십 대를 보면
청춘이 아닌데도
청춘이라 우겨대니
이 무슨 변고인가

그러나
백 살 노인은 팔십 대를 보고
분명 같이 늙어 간다 할 것이다

인생의 나이에서
육십 대가 황금기라 하는 까닭이
여기 있었네

청춘은 이렇게 왔다 가는 것을
누가 그랬던가,
청춘은 마음에 있지
나이와 상관없는 것이라고

그래서
우리 인생은 모두 다
청춘을 꿈꾸며 사는가 보다.

삶이 무거워지면

삶이 무거워지면
나, 창가에 앉아
뜨거운 커피 한잔 마시리라

그대 그리다 지치면
나, 창가에 앉아
하늘 보며 길게 한숨지으리라

어린 시절의 고향 생각나면
나, 풀베개 베고 누워
파란 가을 하늘 생각하리라

어느 오월의
마음 설레던 시절 떠오르면
나, 그 숲속 주인 잃은 벤치
찾아가 옛일을 회상하리라

언제나 봄은 아름답고
가을은 그리운데
겨울은 우리네 삶처럼 무겁고
을씨년스럽기만 하다

나, 이제 지난 시절 잊고
파란 하늘에 뭉게구름 피듯
구름에 달 가듯 나그네 되어
살아가리라

삶이 무거워지면
나, 창가에 앉아
그대 그리며
뜨거운 커피 한잔 마시리라.

오늘 하루 이렇게 살게 하소서

아침에 눈을 뜨면 내가 다시 깨어났음에
경이驚異를 느끼게 하시고 감사하게 하소서

오늘 하루를 시작함에 게으르지 않게 하시고
오늘 만나는 사람에게 친절親切함과 온유溫柔함을
잃지 않게 하소서

오늘 하루도 말하는 것, 먹고 마시는 것
절제節制하게 하시고 마음 평안히 갖게 하소서

근심, 걱정 다 부질없는 것이니
오늘 하루 어찌하면 잘 보낼 수 있을까
항상 염두念頭에 두고 살게 하소서

주변을 항상 정리하며 살게 하시고
내 몸 관리하는 것도 소홀함 없게 하소서
항상 감사하는 마음을 품게 하시고
모든 일을 감사로 끝맺게 하소서

내가 없으면 이 세상 모든 것 다 필요 없고
더 바랄 것도 없음이오니
스스로 나를 존중하며 살게 하소서

하루 일을 끝내고 잠자리에 들 때
오늘 하루도 무사히 마쳤음을
감사하게 하소서.

벗

가는 자는 날로 멀疏고
오는 자는 날로 친親해
오고감이 이 같다면
우友의 정情이 따로 있네

싸릿문 여는 소리 못 들어도
달이 뜨고 별이 지네

벗이여!
꽃이 피고 낙엽 져도
잊지 말고 찾아 주오

친소親疏란 이 같으니
이 맘 저 맘 있다 해도
세월 따라 변치 마세.

지난 시간들

지난 시간들로
힘들어하지 마세요
당신의 존재는 나에게
빛나는 보석입니다

빛을 삼킨 어둠이
어제의 시간을 유린蹂躪했지만
그래도 우리의 지난 시간들은
추억이란 예쁜 선물로 남았습니다

찬란했던 빛의 시간
무성했던 나뭇잎처럼 쏟아 놓은
수많은 말들로
힘들어하지 마세요

사랑의 말은 오래도록 영롱한 별처럼
우리 마음속에서 반짝일 것입니다
아름다운 시간 마음의 선물은
추억으로 영원할 테니까요.

어느 날 문득

어느 날 문득
아무리 생각해 봐도
채워지지 않는

아무리 서성거려 봐도
채워지지 않는 무엇이 있습니다

파란 하늘, 하얀 구름 사이를
아무리 맴돌아도
뻥 뚫리지 않는 무엇이 있습니다

무엇이 이토록 내 마음을
다잡지 못하게 하는 걸까요

아~ 아~ 아~ 아~
아무리 소리쳐 봐도
그것은 힘없는 공명空鳴, 슬픔이어라

그리운 마음, 보고 싶은 마음
당신께로 가고 싶은 마음

같이 하지 못하는 안타까운 마음
하늘도, 구름도, 바람도 아닌
공허空虛가 몰려오네요

해가 저물어 가요
오늘도 하루가 이렇게 가고 있어요.

삶은 선택

탄생과 죽음은 숙명이지만
삶은 선택이다
모든 기회도 경험도, 지난날들
다 선택

이 세상 사는 모든 것
선택 아닌 것이 없고
하루하루 사는 것도
선택의 연속이다

모든 선택은 우연이 아니고
판단의 귀결歸結

우리 삶은 선택의 결정結晶
희로애락 쌓여서 일생

선택은 의지意志이고 외줄타기
우리네 삶은 선택의 연속선이다.

말

여름철 무성한 나뭇잎처럼
많은 날 무수히 쏟아낸 말들
앞뒤도 안 보는 말 많은 사람
누구도 달갑게 반기질 않네

빈 수레 요란함 맞는 말이야
함부로 헛된 말 하지를 마세
말로써 말 많은 이치를 알면
누구나 침묵을 지키려 하지

습관된 말솜씨 애써서 고쳐
지혜의 덕목을 실천해 가자
우수수 떨어진 낙엽들처럼
흩어진 말들엔 생명이 없네.

나는 명품名品

나는 명품입니다
나는 누구와 바꿀 수도
누가 나를 대신 할 수도 없어요

나는 명품이라서
아주아주 고가高價입니다
이 세상이라는 전시장에
한시적으로 특별히 나와 있어요

나는 이 세상에
하나뿐인 명품입니다
그래서
귀하고 소중한 존재입니다

나는 이 세상의 명품 중
최고로 비싼 명품입니다.

석양 1

붉은 노을 속
찬란한 나신裸身이여
하루를 광명으로 다스리고
억조창생億兆蒼生의 비밀 풀어
찬탄과 경이
누리에 떨치시는가

하늘과 땅 사이로
빠져드는 태양이여

속세를 정화하고
만물을 쉬게 하려
어둠을 내리리라

새로운 지평地平 찾아
꿋꿋하게 살아가라고
내일 다시 여명黎明으로
밝힐지니.

석양 2

하늘이
어둠을 몰고 올 때
지평선엔 붉은 장막帳幕이
서서히 펼쳐지고
세상은 침묵으로 뒤덮인다

어둠이여 오려는가
밤이 되면
나는 숨을 죽이며
별들을 지키리라
잠든 지구를 지키리라

위대한 태양은
내일의 새로운 역사를 쓰기 위해
깨어날 것이다

세상의 하루는
이렇듯 노을 속에 물들어 가고
어둠에 잠긴다

하늘과 땅 사이로
빠져드는 태양이여
아름다운 석양이여
내일의 새 빛으로
다시 태어나리니.

송전松田 가는 길

소녀의 소박한 꿈 같은 집
손톱에 봉숭아 물들이고
자줏빛 초롱꽃 반겼었지
터엉빈 고향집 찾아가듯
허공에 찬바람 가득 이고
지금은 허허한 적막만이

낙엽만 흩날려 춤을 추니
황량한 옛 삶터 애닲고나
동짓달 대설날 모진 바람
얼은 몸 녹이려 찾아드네
송전집 나들이 어설퍼라
오늘밤 지친 몸 쉬어가리

저녁놀 어스름 스며들 때
외로움 남몰래 걸어두고
소박한 소녀의 고운 바람
잔주름 저 너머 앳된 모습
세월은 지긋이 눈감았고
아쉽고 서러움 막힌 가슴

이제는 어렴풋 추억 찾네
송전호松田湖 오리들은 잘 있는지.

기다림

사람은
기다림 속에서 산다

겨울엔 꽃피는 봄을
기다리고

아기는 엄마를
학생은 방학을
연인들은 사랑을
기다린다

기다림은
희망이고 즐거움이고
모든 것을 다 받아들이겠다는
마음의 표현이다

기다림은
여유를 가지고
초조하지 말기를 바라는데

요즘은
길게만 느껴지고
지루함은 어쩐 일일까?

사상 초유의 역병疫病
코로나19를 만나
두 해째 시달리고 있다
마스크 벗을 날만
기다리고 있으니…
어쩌다 이 지경이 되었나

사람은 언제나
기다림 속에
살아야만 하는
어찌할 수 없는 존재인가?

사소한 말 한마디

가슴앓이를 해 본 사람은 안다
무심코 던진 사소한 말 한마디가
상처를 준다는 것을

사소한 말 한마디가
누구의 가슴에 긴 여운을 남기게 하였다면
그것은 슬픔을 준 것이다

그래서 표정은 없지만
'피에로'는 슬프다

무의식중에 건넨 말 한마디
그것이 위로건 인사건

나의 슬픔, 나의 불행이 타인에겐
위로가 될 뿐이라는 '역설逆說'을
마주치게 되지 않기를 바랄 뿐이다

예의禮義란 격식보다는 마음의 자세가
더 중요한 것이다.

그리움에 담긴 기억 속으로

서용순(수필가, 이지출판 대표)

소인 김동훈 시인의 두 번째 시집《나는 명품입니다》에 실린 시 100편을 읽고 또 읽었다. 그리고 한동안 멍하니 창밖을 내다보았다. 찬 바람으로 가득한 거리. 힘없이 나뒹굴고 있는 낙엽들. 한껏 어깨를 웅크리고 걸어가는 노신사가 눈에 들어왔다. 순간 먹먹했다. 팔순을 넘긴 노시인의 그리움이 먹물처럼 스며들었다. 긴 세월을 살아낸 그의 기억 속에 똬리를 틀고 있는 그리움에 대한 궁금증이 일었다.

시집은 4부로 구성되어 있다.

'제1부 들꽃처럼 향기로운 사람'은 봄을 생각나게 하는 소재들로 가득하다. 복사꽃, 산당화,

개나리, 민들레, 하얀 찔레, 금계국, 이팝나무…
이들을 앞세워 봄의 정경을 노래하며 "화사한
봄, 그리움이 꽃이 되어 온다면 나 꽃잎 되어
이슬 되어 그대 곁에 머물겠다"는 그의 다짐
이 곳곳에 배어 있다. 그리고 "후미진 곳 외로
이 핀 꽃 한 송이, 어쩌면 내 모습과 많이 닮"
은 그 꽃에게 "온 하늘 받치고 살 듯 나도 두
어깨에 이 세상 받치고 산다"며 "같이 하늘을
우러르며 한껏 용을 써 보자"고 스스로를 위로
하고 있다. 이른 봄 들녘에 서서 "봄은 생명이
요 바람이요 향기요 찬란한 빛깔이요 희망"이
라고 소리치며 만물이 소생하는 봄과 함께 새로
이 추스르고자 하는 시인의 소망이 담겨 있다.

'제2부 소녀를 찾았네'에는 해 질 녘 어스름
에 찾은 "가없는 사랑과 깜깜한 그리움"이 깊
숙이 자리하고 있다. "예전엔 못 보고 그리우면
그것이 사랑인 줄 몰랐다"는 안타까움과 "여인
이 꽃보다 더 아름다운 줄 몰랐다"는 탄식이 가
슴을 아리게 한다. 여기서 또 한 번 느끼는 것
은, 우리는 언제나 지나고 나서 후회한다는 것
이다. 그래도 시인은 "내가 그 누구를 사랑하고

있음을 느낄 때, 그 시간은 이 세상에서 가장 아름다운 시간이 될" 것이고, "그 시간은 이 세상에서 가장 아름답고 고귀한 시간이 될" 거라며 확신하고 있다. 이는 좀 더 먼저 살아온 시인이 독자에게 전하는 아름다운 경고警告 같다.

'제3부 먼길 떠난 가을을 추억하며'에는 삶을 반추해 보는 소재들이 주를 이룬다. '집에 가는 길' 마을버스 한켠에 앉아 밤하늘에 떠 있는 보름달을 보며 "너는 누굴 보고 웃고 있느냐"고 묻는 시인의 독백에 쓸쓸함이 묻어 있다. '인생의 길'에서 '진실한 마음으로' "믿음과 사랑을 끝까지 행하게 해 달라"는 기도는 '찰나刹那'를 사는 우리에게 삶의 자세를 일깨워 주고 있는 듯하다. "사람은 망각의 시간이 올 때까지도 내일을 위해 오늘을 사는 불가사의한 존재存在"라는 이 시구는 지금을 살며 영원히 내일이 계속될 거라는 착각 속에 살고 있는 불가사의한 우리의 의식 세계에 던지는 반어적反語的 질문이 아닐까.

'제4부 이 세상에 하나뿐인 명품'에는 시인

스스로에게 되묻고 다짐하는 시들이 담겨 있다. "멋진 인생은 오래 살아야 맛볼 수 있다. 마지막까지 건강하게 살아남은 자가 인생의 승리자다. 그것이 멋진 인생"이라는 구절에서는 단호함이 느껴진다. 오랫동안 병상에 있던 아내를 보며 "살아 숨 쉬는 것이 축복"임을 깨달은 시인이기에 할 수 있는 말이다. "내가 없으면 이 세상 모든 것이" 무슨 필요가 있겠는가. 그러니 "이 세상이라는 전시장에 한시적으로 나와 있는 하나뿐인 존재"인 나는 누구도 대신할 수 없는 귀하고 소중한 명품名品임을 잊지 말라는 메시지가 긴 울림을 준다.

시는 잘 읽혀야만 한다. 시인만이 아는 이야기를 아무리 현란한 단어로 옷을 입혀도 가슴에 와 닿지 않으면 읽히지 않는다. 글은 내 손을 떠나는 순간 독자의 마음에서 우러나온 감동으로 평가받는다. 그러기에 나의 얘기가 우리의 것이 되어야 한다.

김동훈 시인의 시는 쉽게 잘 읽힐 뿐 아니라 그의 그리움 속에 박혀 있는 견고한 그리움을

따라가다 보면 나의 그리움도 만나게 된다. 이
것은 긴 세월의 무게를 떠받치고 있는 그의 경
륜과 지식과 지혜가 온전히 발화되었다는 증거
라고 할 수 있다.

이 글을 마무리하면서, 무엇보다 시인의 기
억 속에 똬리를 틀고 있는 그리움에 대한 궁금
증을 해소할 수 있어서 독자로서도 출판인으
로서도 큰 기쁨임을 고백하지 않을 수 없다.

2021년 정식으로 문단에 나오신 김동훈 시
인님께 거듭 축하의 말씀을 드린다.

김동훈 제2시집

나는 명품입니다